Disney's HERCULES

WALT DISNEY PICTURES PRESENTA "HERCULES" MÚSICA POR ALAN MENKEN LETRA POR DAVID ZIPPEL ARREGLO ORIGINAL POR ALAN MENKEN
GUIÓN POR RON CLEMENTS Y JOHN MUSKER, BOB SHAW Y DON McENERY E IRENE MECCHI
PRODUCIDO POR ALICE DEWEY Y JOHN MUSKER Y RON CLEMENTS DIRIGIDO POR JOHN MUSKER Y RON CLEMENTS
DISTRIBUIDO POR BUENA VISTA PICTURES DISTRIBUTION, INC. © DISNEY ENTERPRISES, INC.

MOUSE ⊞ WORKS

¡Presten atención! Sí, es con ustedes.
Tal vez nos hayan visto por ahí, en alguna vasija.
Somos las musas y ustedes no se imaginan
la fantástica historia que les vamos a contar.

Hace tiempo, cuando el mundo era nuevo,
existían unos horribles titanes que asustaban a la gente.
Los volcanes hacían erupción, había tormentas y temblores.
El mundo era un desastre, pero, bueno así es la vida.

Luego el jefazo, Zeus, enterró a esos tipos en un hueco.
Como ordenar el caos era su propósito esencial,
le asignó a cada dios y a cada diosa un trabajo especial.
La gente estaba agradecida - sus problemas eran pocos.
Pero un día sucedió algo en las alturas
que cambiaría la historia del mundo en un abrir y cerrar de ojos...

Los fuegos artificiales estallaron en el cielo sobre el Monte Olimpo, hogar de los dioses, para celebrar el nacimiento de Hércules, el hijo de Zeus y Hera. Era obvio para todos que éste no era un bebé común y corriente. El bebé era lindo y muy gracioso, pero también, increíblemente fuerte. Ya podía levantar a su padre sobre su cabeza.

Todos los dioses del Olimpo asistieron a la celebración, llevando una gran cantidad de extraordinarios regalos; pero Zeus no se iba a quedar atrás. Así que tomó varias nubes y las transformó en un adorable caballito alado, como regalo de parte suya y de Hera para su bebé, Hércules.

-Su nombre es Pegaso, y es todo tuyo, hijo -dijo Zeus sonriendo.

Pronto apareció Hades, el dios de los infiernos. Él odiaba a Zeus por haberlo puesto a cargo de ese lugar lleno de muertos. Pero, ante todo, Zeus era el jefe de Hades, así que Hades sonrió dulcemente y le entregó al bebé Hércules un chupete - en forma de calavera.

El bebé Hércules tomó la mano de Hades y la apretó hasta que Hades se tambaleó de dolor.

-Él va a ser el más fuerte de todos los dioses -anunció Zeus orgulloso.

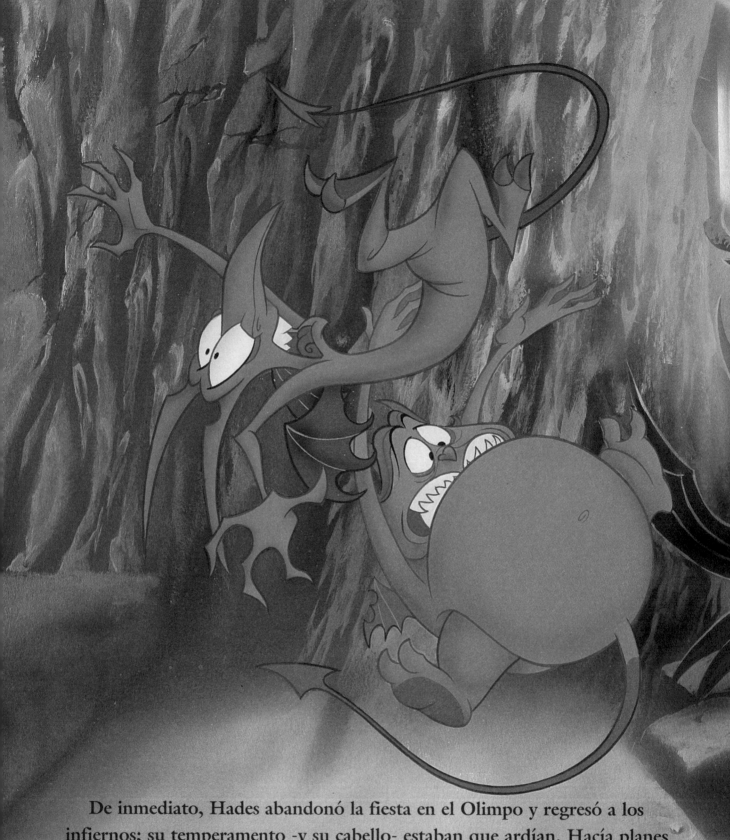

De inmediato, Hades abandonó la fiesta en el Olimpo y regresó a los infiernos; su temperamento -y su cabello- estaban que ardían. Hacía planes para el día en que pudiera destronar a Zeus y gobernar el universo.

Cuando atracó en el muelle de los infiernos, sus dos secuaces, Pena y Pánico, le dijeron que las Moiras habían llegado.

Las Moiras eran tres horribles viejas que podían ver el pasado, el presente y el futuro con el único ojo que compartían entre las tres. Ellas estaban encargadas de cortar el hilo de la vida de los hombres, enviándolos directamente a los infiernos cuando morían.

-Entonces, ¿este muchacho, Hércules, va a estropear mis
planes de tomarme el Olimpo, o qué? -preguntó Hades ansioso.
Ellas rehusaron responder así que Hades recurrió a los halagos-
: ¿Tienen un nuevo corte de cabello? ¿Se rejuvenecieron? ¡Se ven
fabulosas! -les dijo a las tres arpías arrugadas.

Las Moiras cedieron ante Hades y le dijeron que en
dieciocho años, cuando los planetas estuvieran perfectamente
alineados él podría destronar a Zeus.

-Pero -añadieron-, si Hércules pelea del lado de los dioses,
tu fracasarás.

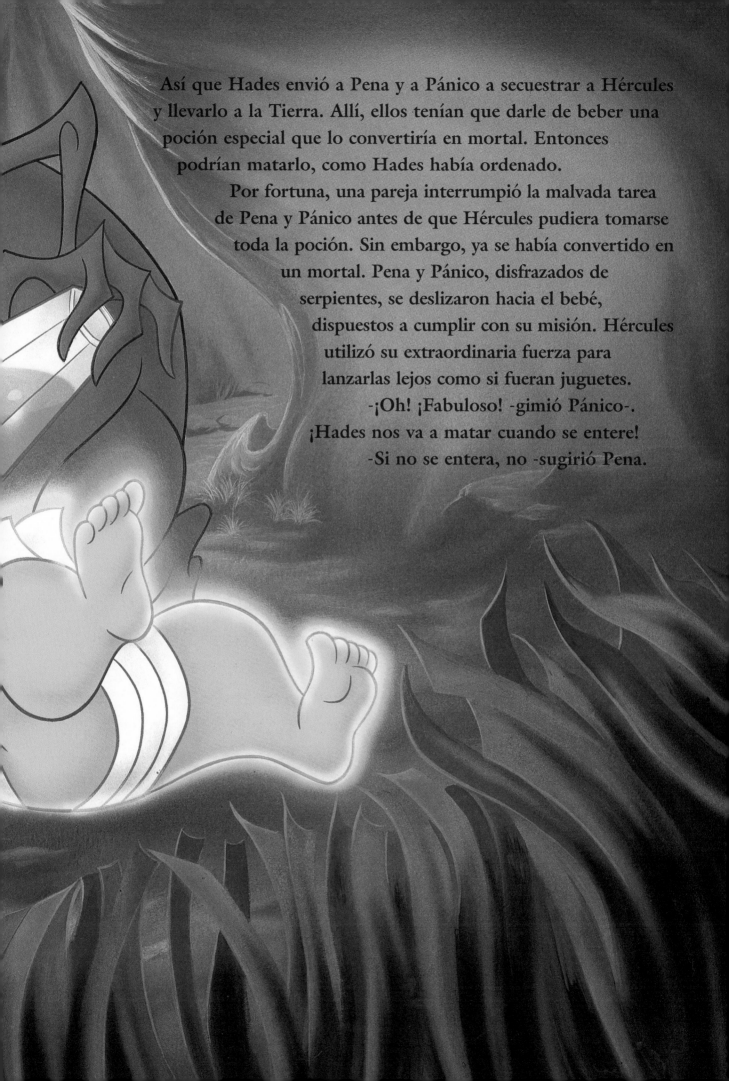

Así que Hades envió a Pena y a Pánico a secuestrar a Hércules y llevarlo a la Tierra. Allí, ellos tenían que darle de beber una poción especial que lo convertiría en mortal. Entonces podrían matarlo, como Hades había ordenado.

Por fortuna, una pareja interrumpió la malvada tarea de Pena y Pánico antes de que Hércules pudiera tomarse toda la poción. Sin embargo, ya se había convertido en un mortal. Pena y Pánico, disfrazados de serpientes, se deslizaron hacia el bebé, dispuestos a cumplir con su misión. Hércules utilizó su extraordinaria fuerza para lanzarlas lejos como si fueran juguetes.

-¡Oh! ¡Fabuloso! -gimió Pánico-.
¡Hades nos va a matar cuando se entere!

-Si no se entera, no -sugirió Pena.

Ahora que Hércules era un mortal no podía
regresar al Olimpo. Zeus y Hera sólo pudieron contem-
plar desde arriba, con tristeza, cómo una pareja sin hijos, Anfitrión y Alcmena,
adoptaban a su bebé.

Bajo el amoroso cuidado de sus padres adoptivos, Hércules se convirtió en un
magnífico adolescente. Hércules intentaba usar su gran fortaleza para ayudar,
como la vez en que tomó el lugar de la burra Penélope cuando ésta quedó coja de
camino a la plaza del mercado. Por desgracia, no siempre lograba controlar su
fuerza. La gente le huía porque, a donde quiera que fuera, lo seguía el desastre.

Un día, por ejemplo, en la plaza del mercado, Hércules quería jugar al disco con unos muchachos.

-Lo sentimos mucho, Herc. Ya somos cinco y queremos mantener un número par -dijeron, evitándolo torpemente.

Sin embargo, Hércules, ansioso, corrió tras el disco y, derribando las columnas de la plaza del mercado, la dejó en ruinas. Los habitantes del pueblo ya estaban hartos y le advirtieron a su padre que lo mantuviera lejos.

-Nunca estaré bien acá -se lamentó Hércules.

19

Hércules sabía que tenía que haber un lugar para él, un lugar donde no se sintiera rechazado.

Le dijo a sus padres que debía encontrar el lugar a donde él pertenecía. Así que ellos decidieron que había llegado el momento de mostrarle el medallón de oro que llevaba puesto cuando lo encontraron.

-Tiene el símbolo de los dioses -le explicó Alcmena.

-Tal vez ellos tienen las respuestas que busco -musitó Hércules. Ahora sabía que debía comenzar su búsqueda en el templo de Zeus. Hércules y sus padres se despidieron con tristeza.

En el templo, cuando Hércules se arrodilló a rezar ante la enorme estatua de Zeus, ésta cobró vida.

-¡EEEOOOH! -gritó Hércules huyendo de la gran figura.

-¡Espera muchacho! ¿Así es como saludas a tu padre? -preguntó Zeus.

¡Hércules estaba confundido! Si Zeus era su padre, entonces él era un dios.

Pero Zeus le explicó a Hércules que él ya no era un dios, sino un humano y que a los humanos no les era permitido entrar en el Olimpo.

-¿Quieres decir que no puedes hacer nada por mí? -preguntó Hércules desesperado.

-Yo no puedo, pero tú sí -le explicó Zeus-. Debes demostrar que eres un verdadero héroe en la Tierra -dijo Zeus-. Debes empezar por buscar a Filoctetes, el entrenador de héroes en la Isla de Idra.

Luego, para ayudarle a Hércules en el camino, le trajo a su viejo amigo, Pegaso.

-No te decepcionaré, padre -gritó Hércules, y voló con Pegaso en dirección a Idra.

Hércules se sorprendió al descubrir que Filoctetes era un pequeño fauno sabelotodo -una criatura mitad hombre y mitad cabra, con cuernos y todo. Hércules le contó al entrenador sobre su sueño de ser un héroe y le pidió que le ayudara.

-Yo también tuve un sueño una vez: ¡que yo iba a entrenar al héroe más grande de todos los tiempos! -declaró Fil-. Tan extraordinario que los dioses colgarían una imagen de él en las estrellas.

Luego Fil le explicó que todos a los que él había tratado de ayudar lo habían decepcionado, especialmente Aquiles.

-¡Ése joven lo tenía todo! La figura, la velocidad... habría podido ser lo que quisiera. ¡Pero ese taloncito suyo! Los sueños se acabaron -continuó-. Uno sólo resiste cierta cantidad de fracasos.

Hércules trató de convencer a Fil de que él era especial, demostrando su increíble fortaleza.

-Soy diferente de los demás -insistió Hércules-. Yo puedo hacer cualquier cosa -y hasta le confesó que era hijo de Zeus.

-¿Zeus? ¿El jefazo? -preguntó Fil incrédulo-. ¿El Sr. Rayos?

Hércules juró que era verdad, pero Fil se negó a creer, hasta que Zeus le lanzó un rayo.

-¡Está bien! -dijo Fil, convencido-. Tú ganas.

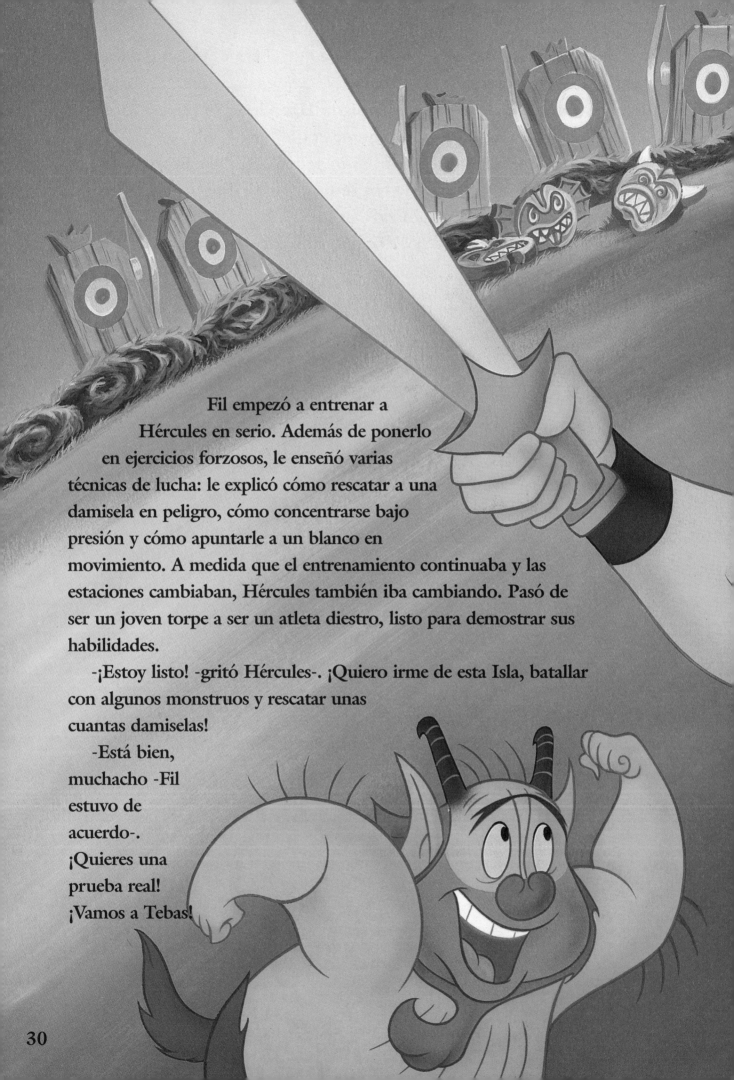

Fil empezó a entrenar a
Hércules en serio. Además de ponerlo
en ejercicios forzosos, le enseñó varias
técnicas de lucha: le explicó cómo rescatar a una
damisela en peligro, cómo concentrarse bajo
presión y cómo apuntarle a un blanco en
movimiento. A medida que el entrenamiento continuaba y las
estaciones cambiaban, Hércules también iba cambiando. Pasó de
ser un joven torpe a ser un atleta diestro, listo para demostrar sus
habilidades.

   -¡Estoy listo! -gritó Hércules-. ¡Quiero irme de esta Isla, batallar
con algunos monstruos y rescatar unas
cuantas damiselas!

   -Está bien,
muchacho -Fil
estuvo de
acuerdo-.
¡Quieres una
prueba real!
¡Vamos a Tebas!

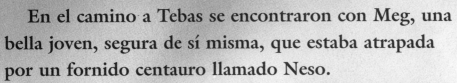

En el camino a Tebas se encontraron con Meg, una bella joven, segura de sí misma, que estaba atrapada por un fornido centauro llamado Neso.

-¡Aléjate, Atlas! -le gritó Meg a Hércules cuando él trató de ayudar. Pero Hércules, ansioso por acumular puntos de heroísmo, luchó con el centauro de todas maneras.

Hércules lo venció, aunque Fil no estaba muy impresionado con sus técnicas de lucha.

Con Neso fuera del panorama, Hércules trató de presentarse a Meg, pero sólo balbuceó con timidez.

A Fil no le gustaba toda la atención que Hércules le estaba prestando a Meg. Después de todo, un héroe no debería tener distracciones. A Pegaso tampoco le gustó mucho la joven. ¡En realidad, estaba celoso! Cuando Hércules le ofreció a Meg llevarla, Pegaso voló a un árbol.

-Estaré bien -le aseguró Meg a Hércules, alejándose-. Puedo amarrarme las sandalias y todo. Adiós, muchachote.

Pero ahora Meg estaba en problemas. Le tenía que explicar a Hades que un fortachón llamado Hércules había espantado al centauro y que ella no había podido reclutarlo.

¡Hades echó llamas al enterarse de que Hércules estaba vivo!

-¡Muerto y bien muerto! -le bufó Hades a Pena y a Pánico-. ¿No fueron ésas sus palabras? -Hades tomó a sus secuaces por la cola larga y resbalosa.

-Por lo menos lo convertimos en un mortal -tartamudearon.

Así que Hades urdió un plan para terminar con Hércules de una vez por todas.

Mientras, Hércules había llegado a Tebas anunciando
que él era el héroe que necesitaban. Pero los tebanos no
le hicieron mucho caso. Nadie había podido terminar
con los desastres que los habían azotado.

—Tendrás tu oportunidad —le aseguró Fil—. Lo que
necesitamos es que ocurra algún tipo de desastre por acá.

Justo en ese momento apareció Meg muy angustiada,
diciendo que había dos niñitos atrapados en un
derrumbe.

Hércules se estremeció. Al fin podría
demostrar que era un héroe.

Mientras que los ciudadanos se amontonaban a la orilla del cañón, Hércules levantó una gran roca sobre su cabeza, liberando a los niños. Hércules esperó, pero sólo algunos aplaudieron. ¡Los tebanos eran un público difícil! Los niños salieron del cañón. Se detuvieron a los pies de Hades y se transformaron en Pena y Pánico.

Momentos después, Fil se unió a Hércules en el cañón y los dos se percataron de un extraño siseo.

De repente, hubo un estruendo y una gigantesca
criatura en forma de dragón, la hidra, emergió de la boca
de una cueva. Fil corrió a esconderse mientras Hércules,
espada en mano, luchó contra la bestia hasta que ésta lo
lanzó por los aires y se lo tragó entero. De repente,
Hércules atravesó con la espada la garganta del monstruo,
y la cabeza rodó por el suelo.

Pena y Pánico miraron nerviosos a Hades, pero el dios de cabeza ardiente estaba extrañamente tranquilo. Pues la hidra aún no había muerto. Tres ondulantes cabezas surgieron de la herida en su garganta. Herc, montado sobre Pegaso, cortaba las cabezas con su espada, pero cada vez que lo hacía, éstas se multiplicaban.

-¡Olvídate de cortar cabezas! -dijo Fil-. ¡Eso no funciona!

Finalmente la criatura lo sujetó contra el precipicio con una garra. Pensando rápidamente, Hércules le dio un puñetazo a la montaña, causando una avalancha que lo enterró a él y a la hidra bajo una montaña de rocas. ¡Pero luego Hércules los asombró a todos saliendo de la garra de la hidra sano y salvo!

¡Esperen un momento! ¡Aquí es donde entramos nosotras!
Éste es el momento donde comienza la fama y la fortuna de Herc.
Desde ese día en adelante libró muchas batallas...
¡Jabalíes, arpías, monstruos marinos, leones y mucho más!
¡Pasó de ser nada, un don nadie, un cero a la izquierda,
a ser un campeón, una estrella, un célebre héroe!
Sus fanáticos y seguidores lo aclamaban a donde fuera.
¿Les dijimos que grabaron las huellas de sus pies en cemento?...

Ni siquiera Pena y Pánico pudieron resistir la Hérculesmanía que se estaba extendiendo por toda la región.

Durante la sesión de estrategia para atrapar a Hércules, Hades descubrió que Pena llevaba un nuevo par de sandalias con la imagen de Hércules y que Pánico bebía de una taza la bebida deportiva, Herculade.

Hades comenzó a encenderse.

-¡Tengo veinticuatro horas para deshacerme de este payaso o todo el plan que he venido perfeccionando durante dieciocho años se esfumará... Y USTEDES ESTÁN USANDO SU MERCANCÍA! -gritó, furioso.

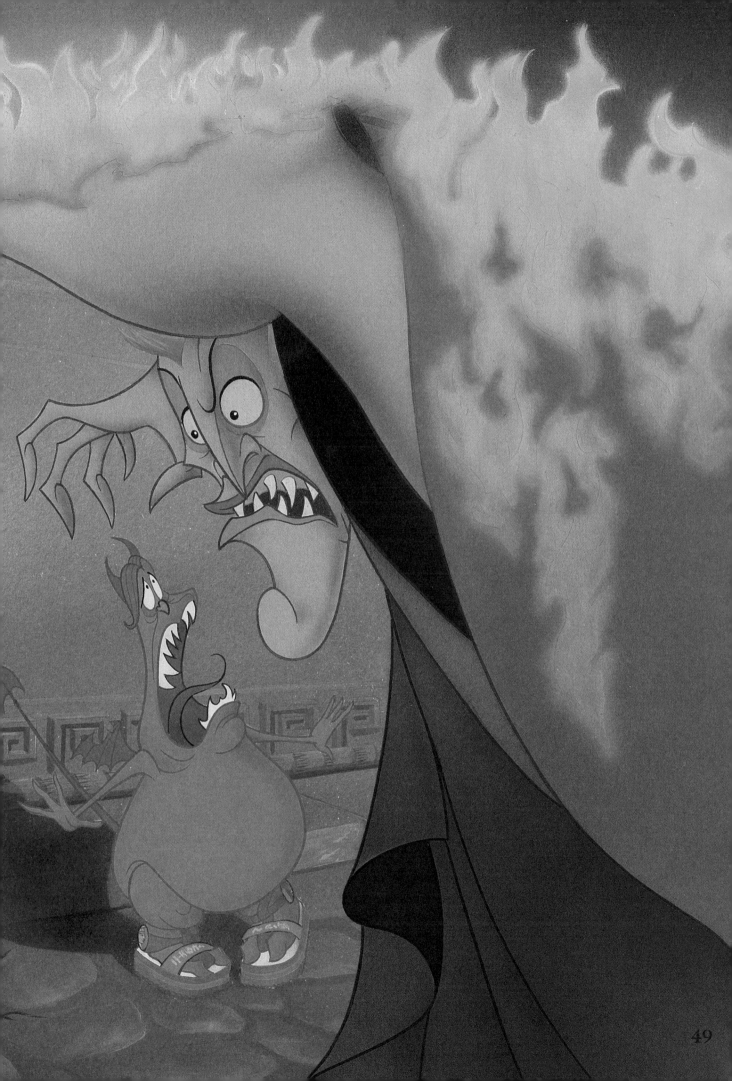

Hades se calmó y pensó por un momento:

-Él debe de tener su lado débil. Todo el mundo lo tiene. Para Pandora era la caja. Los de Troya le apostaron al caballo equivocado...

Hades sabía que Meg podría acercarse lo suficiente a Hércules para descubrir su lado débil y así poder destruirlo. Meg se negó, pero ella había hecho un trato con Hades, cambiar su libertad por la vida de un exnovio. Ahora tenía que obedecerle a Hades. Para hacer el trato más atractivo, Hades le prometió darle la libertad si ella triunfaba.

54

Más tarde, en su villa, Hércules posaba para un retrato mientras Fil revisaba la lista de las actividades del día.

—...hoy tienes almuerzo con las Hijas de la Revolución Griega... luego una reunión con el rey Augías...

Pero Hércules parecía distraído.

—De esta forma—le susurró a Fil—, nunca llegaré al Monte Olimpo.

En eso llegó a la habitación un grupo de admiradores de Hércules. Hércules se escondió para que Fil los ahuyentara, pero una joven logró quedarse. Feliz, Hércules se vio frente a Meg.

-Te ves como si necesitaras un descanso. ¿Crees que tu cabra lechera se enfadaría si te escaparas esta tarde?

Hércules alegremente ignoró sus deberes de celebridad, y los dos se fueron a pasar el día juntos. Meg interrogó a Hércules para descubrir sus debilidades, pero comprendió que no tenía ninguna. Aunque ella no lo quería reconocer, Meg se estaba enamorando de Hércules.

Cuando Fil por fin los encontró esa noche, estaba volando de la furia. A regañadientes, Hércules se fue a casa, aunque estaba tan abstraído que ni siquiera se dio cuenta cuando Fil se cayó de Pegaso.

Fil estaba refunfuñando y tratando de liberarse de una zarza, cuando escuchó unas voces. Asomándose por entre los arbustos, vio a Hades hablando con Meg. De repente cayó en cuenta de que Meg había estado trabajando para Hades todo el tiempo.

"Sabía que esa dama era un problema. Esto le va a romper el corazón al muchacho", se dijo, corriendo a contarle a Hércules la verdad.

Lo más grave fue que Hades sí descubrió cuál era la debilidad de Hércules, y esa debilidad era Meg.

Cuando Fil encontró a Hércules en el estadio, el joven héroe no paraba de hablar de cuán maravillosa era Meg.

-¿No es la mujer más brillante, más divertida, más extraordinaria que jamás hayas conocido? -dijo Hércules, efusivo.

-Sí, pero también es un fraude -insistió Fil-. ¡Todo esto es una especie de trampa!

Cuando Hércules se enfureció y se negó a creerle, Fil le dijo que no le ayudaría más.

-Pensé que ibas a ser el campeón de todos los tiempos... no el tonto de todos los tiempos -dijo furioso. Entristecido por la terquedad de Hércules, Fil lo dejó sólo.

Mientras Fil y Hércules discutían, Pena y Pánico llevaron a cabo su plan. Los dos se transformaron en una hermosa potra y desfilaron frente a Pegaso. Siempre listo para sucumbir ante los encantos de una bella crin, Pegaso siguió a la potra a un establo cercano. Pero -¡vaya cita tan mala!- en cuestión de segundos, la potra desapareció y se convirtió de nuevo en Pena y Pánico. Los secuaces de Hades ataron a Pegaso y lo dejaron adentro, incapaz de ayudar a Hércules en caso de que lo necesitara.

Hércules sí necesitaría su ayuda, y pronto. Hades iba perdiendo la paciencia a medida que se acercaba el momento en que se alinearían los planetas. Fue al estadio en busca de Hércules. Trató de permanecer calmado, lo cual era muy difícil para un hombre tan fogoso como él.

-Estaré eternamente agradecido contigo si te tomas un día para descansar de tu labor de héroe -dijo Hades sin darle mucha importancia-. Quiero decir, todos esos monstruos, desastres naturales... pueden esperar un día, ¿cierto?

Sospechando que la gente terminaría herida, Hércules se negó, hasta que Hades le mostró a Meg, a su lado.

Ahora Hércules estaba forzado a hacer un trato: Si él se despojaba de su fuerza por un día, Hades le prometió que Meg estaría a salvo. Hércules aceptó. Entonces, cuando perdió su fuerza, Hades le confesó que Meg había estado trabajando para él todo el tiempo. Hércules afrontó la horrible realidad, débil y con el corazón roto.

Cuando al fin los planetas se alinearon, Hades liberó a los titanes de su prisión en el mundo subterráneo.

-¡Hermanos! -rugió Hades-. ¿Quién los encerró en esta prisión? Y si yo los libero, ¿qué es lo primero que van a hacer?

-¡Destruirlo! ¡Destruir a Zeus! -tronaron los titanes Roca, Volcán, Hielo y Tornado, y los cíclopes, al salir del foso.

-Bien dicho -replicó Hades con júbilo. Luego envió a los cíclopes en una misión especial a Tebas, a atrapar a Hércules y destruirlo.

Hermes estaba tomando una tranquila siesta sobre una nube cuando lo despertó un estruendo. Abrió los ojos para ver a los furiosos titanes acercándose a Monte Olimpo.

-¡Oh-oh! -se dijo-. Tenemos un grave problema.

Corrió a avisarle a Zeus, quien le ordenó convocar a todos los dioses para un contraataque inmediato. Hefaistos forjó truenos y relámpagos para usar como armas, y los demás dioses se alistaron para la batalla. Pero los dioses no igualaban el poder del titán Tornado quien los succionó como una aspiradora.

Entre tanto, abajo en la Tierra, Tebas estaba en llamas. La gente gritaba para que Hércules viniera a salvarlos, mientras que el cíclope pasaba desbocado dejando destrucción a su paso.

Aunque ya no poseía su gran fuerza, Hércules se enfrentó al cíclope quien de una patada lo lanzó sobre la vía como a un guijarro. Meg le rogó a Hércules que no luchara contra el gigante, pero él ya había perdido toda esperanza. Luego, de un establo cercano, escuchó un relincho que le sonó conocido. Descubrió a Pegaso, lo liberó y los dos se fueron en busca de Fil. Meg creía que el único que podía convencer a Hércules era él.

Cuando lo encontraron, Fil estaba a punto de abordar un barco que salía de Tebas.

-Hércules nos dio algo que los dos perdimos... la esperanza -le recordó Meg-. Ahora es él quien la ha perdido. Si no le ayudas ahora, morirá.

Oyendo estas palabras, Fil decidió regresar con ella a la ciudad.

Arriba, en el Monte Olimpo, Zeus estaba en problemas. Todos los dioses habían sido capturados y él se había quedado sin armas.

-¡Hades! -exclamo Zeus cuando vio llegar al dios de los infiernos-. ¡Debí haber sabido que tú estabas detrás de todo esto!

Entonces el titán Volcán apareció y rodeó a Zeus con lava. Para terminar el trabajo, el titán Hielo enfrió la lava con su gélido aliento. Zeus quedó atrapado en una roca sólida, sin poder moverse.

A Hércules no le iba mucho mejor. Cuando Fil y
Meg lo encontraron era evidente que el cíclope
acabaría con él muy pronto.

-¡Vamos muchacho! ¡Defiéndete! -le rogó Fil.
Animó a Hércules a no olvidar sus sueños, a seguir
creyendo en sí mismo.

Al escuchar sus palabras, Hércules se reanimó.
Arrancó una filuda rama de un árbol cercano y la
clavó en el ojo del monstruo. El monstruo gritó de
pena y soltó a Hércules.

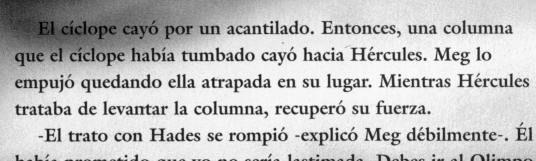

El cíclope cayó por un acantilado. Entonces, una columna que el cíclope había tumbado cayó hacia Hércules. Meg lo empujó quedando ella atrapada en su lugar. Mientras Hércules trataba de levantar la columna, recuperó su fuerza.

-El trato con Hades se rompió -explicó Meg débilmente-. Él había prometido que yo no sería lastimada. Debes ir al Olimpo y detenerlo.

Antes de que Hércules la abandonara, Meg finalmente le confesó que lo amaba.

Hércules subió al Monte Olimpo y rompió las cadenas que ataban a los dioses. Luego, con sus manos desnudas rompió las rocas de lava que atrapaban a su padre, Zeus. Hefaistos se apresuró a forjar una nueva provisión de truenos y relámpagos, y los dioses regresaron al combate. Zeus y Hércules unieron sus fuerzas. Zeus detenía a los titanes con sus rayos, mientras que Hércules usaba al titán Tornado para succionarlos y lanzarlos al espacio.

Al darse cuenta de que su plan se había arruinado, Hades escapó. Hércules y Pegaso lo siguieron en una acalorada persecución.

-Muchas gracias, muchachote -dijo Hades-. Pero tengo un maravilloso premio de consolación. Una amiga tuya que se está muriendo por verme.

Hércules se horrorizó cuando cayó en cuenta de que se trataba de Meg.

Hércules regresó junto a Meg, pero ya era muy tarde. Las Moiras le habían cortado el hilo de la vida.

-¡Se suponía que esto no pasaría! -gritó Hércules, con pena.

-Lo siento, muchacho -dijo Fil, con tristeza-. Pero hay algunas cosas que no podemos cambiar.

Con una mirada de determinación en el rostro, Hércules replicó -Sí puedo- y montó de nuevo sobre Pegaso.

Cuando Hércules llegó a los infiernos, Hades ya tenía el espíritu de Meg en el foso de la muerte.

-A ti te gusta hacer tratos -dijo Hércules-. Tómame a mí en vez de Meg.

Éste era un regalo inesperado.

-¡Muy bien! -accedió-. Tú la sacas, ella se va y tú te quedas.

Hércules se lanzó al foso de la muerte a recobrar el espíritu de Meg. Se iba envejeciendo cada vez más y más, hasta que fue claro que su muerte se acercaba. Pero cuando trataron de cortar el hilo de la vida de Hércules, las Moiras se asombraron de ver que no podían.

Hércules llevó el espíritu de Meg fuera del foso.

-¡No puedes estar vivo! -gritó Hades-. Para estar vivo tendrías que ser un... un...

-¿Un dios? -dijeron Pena y Pánico.

Hades trató de suavizar la situación.

-Tú y Zeus pueden soportar una bromita, ¿no es cierto? -preguntó, pero Hércules lo ignoró. Luego Hades tomó a Meg-.¡Meg! ¡Meg, habla con él!

¡Eso fue sufiente! Con su poderoso puño, Hércules lanzó a Hades al foso de la muerte. Los espíritus de los muertos que giraban alrededor, lo arrastraron a las profundidades de su mundo fantasmal.

Hércules llevó el espíritu de Meg a su cuerpo. Cuando el espíritu y el cuerpo se unieron, ella pestañeó. ¡Estaba viva! Mientras Hércules y Meg se abrazaban con fuerza, Zeus los llevó hacia el Monte Olimpo sobre una nube.

-Un verdadero héroe no se mide por su fuerza física, sino por la fuerza de su corazón -proclamó Zeus-. ¡Bienvenido, hijo!

-Padre, siempre he soñado con este momento -dijo Hércules-, pero una vida sin Meg, incluso una vida inmortal, sería vacía. Deseo quedarme en la Tierra con ella. Finalmente sé a dónde pertenezco.

Zeus miró a Hera quien inclinó la cabeza en señal de aprobación.

Aunque lo extrañarían, Zeus y Hera sabían que Hércules por fin había encontrado su felicidad.. Observaron a su adorado hijo regresar a la Tierra donde le dieron una bienvenida de héroe. Ahí, entre la multitud estaban sus padres adoptivos, Alcmena y Anfitrión. Luego, alguien señaló hacia el cielo y todos contemplaron maravillados la constelación especial que Zeus había creado en honor a Hércules.

Así es como termina esta historia - llena de amor y alegría.
Ahora Hércules era una estrella en los cielos y en la Tierra.
Y su amigo Filoctetes finalmente había encontrado a un joven
cuya foto los dioses habían puesto en el cielo, y ¡ésa es la verdadera realidad!